KB145740

지나고 보니 모두 너였어

윤춘순 시집

시인의 말

요즘 들어 부쩍,
꿈을 잃고 헤맬 때가 많다
이럴 때는 소싯적에 수없이 긁적인 글들을
다시 펼쳐 볼 수만 있다면 힘이 되어 줄 자양분이 될 텐데 아쉽게도 새집 지을 때 다 태워지고 없다는 남동생의 말에 눈물이 수없이 타고 내렸다

나는 누구인가
뇌리에다 기계 하나 삽입한 사이보그
시대가 낳은 장애의 자화상이다
나는 누구인가
소싯적엔 매일매일 한두 페이지씩 끄적이고 책을 놓지 않는 꿈 많은 문학소녀였다

인삼 밭에 가야 인삼을 캐듯
칼을 빼 들었으면 무라도 잘라야겠기에
시인의 길이 어렵다 해도
나는 이 길을 끝까지 가보려 한다

부족함이 많은 저에게 힘이 되어 줄
협회 이사장님과 독자님들께 깊은 감사의 뜻을 전합니다 아울러 아들 내외와 남편에게도 고맙다는 말을 전합니다
제가 몸담고 있는 대한문인협회가 앞날에
무궁한 발전 있기를 마음 모아 빌어봅니다.

시인 윤춘순

QR 코드 스마트폰으로 QR 코드를 스캔하면 시낭송을 감상할 수 있습니다.

제목 : 삶은 계란이다
시낭송 : 박영애

제목 : 야화
시낭송 : 박영애

제목 : 갈 때를 아는 갈대
시낭송 : 박영애

제목 : 봉숭아
시낭송 : 최명자

제목 : 카네이션 한 송이
시낭송 : 박영애

제목 : 엄마
시낭송 : 박영애

제목 : 봄비 온다
시낭송 : 김지원

제목 : 낙엽 편지
시낭송 : 김지원

제목 : 여름의 잔영
시낭송 : 박태임

제목 : 능소화 사랑
시낭송 : 김지원

제목 : 부부
시낭송 : 박순애

시인은 자연을 이야기하고
시낭송가는 자연을 품었다.
글자는 날개를 달아 언어로 날고
소리는 자연에 눕는다.

★ 목차

★ 목차

★ 목차

★ 목차

산다화

꽃동백 산다화
너 어찌 여기 피어 지새는가
바람 따라 그리움 찾아왔는가
임은 온대 간데
홀로 피어 외롭구나

울다가 지쳐
눈시울 뻘건 산다화
파도 따라 춤추는 해조음도
동박새 소리 사랑은 애달파
천 마일은 더 날아 다시 가리란
까마득한 옛일

기다리노라면
기다리노라면
그리운 임 만나질련가
귓전에 울리는 휘파람 소리
봄바람에 안부 띄워 보내지만

임은 온대 간데
뜬눈으로 지새우는 그리움
눈시울만 붉어 외로워라
먼 시떼섬에 터 잡은 산다화.

산이 부른다

심신이 지치면
언제라도 좋아
비 내린 뒤 습기 머금어
죽어가는 생물도 일으키는 正氣

마음 울적하면
언제라도 좋아
솔 향기 밴 산길 오르면
생기 잃은 肉身 기운 듬뿍 품는다

산 가르마 옆 물푸레나무는
산들바람에 사랑을 싣고
어깨 나란히 블루스 추다가
둘둘 셋 넷 탱고에 발맞춰
땀을 씻는다

갈맷빛으로 살랑대는 가지들
한 여름날 사교 댄스에
나붓나붓 지르박은 어떠리
산새들 멜로디도 정겨운다
산에 올라라

산 꽃도 들꽃도
예쁜 춤사위에 차락, 차라락
산 정기 뿜, 뿜
젊음이 샘솟는다, 산에 올라라.

삶은 계란이다

여학교 시절
기차 타고 통학하며
흔하게 듣던 소리
푸시킨의 삶을
한참 읊조리고 있는데
'삶은 계란이다'고
외친다

어머니가
품다간 삶들
선조들이
걸어갔던 그 삶들
얼마나 험난한 길이던가
아침이면 새롭던 것이
저녁이면
땀에 쩐 육체를 이끌고
찾아 드는 둥지
자식들 해맑은 눈동자에
한 생을 풀어내던 삶

우리 또한

행복한 삶을 꿈꾸며

성난 파도를 가르며

울고 웃으며

사랑하고 또 사랑하다

심장이 터져 버릴 듯한

치열한 삶의 여정에

등줄기 땀 식혀 줄

선선한 바람 한줄기

와 닿아도

만면에 웃음 짓지 않는가

삶은 계란이다.

제목 : 삶은 계란이다
시낭송 : 박영애
스마트폰으로 QR 코드를 스캔하면
시낭송을 감상할 수 있습니다.

프로방스 그 곳엔

유성이 우루로 떨어져
돌산이 된 곳이라고
아가들 무덤이 선 곳이라고
어르신들이 말했어요

능금 밭도
돌산 아래 있었지만
밤이 깊어지면 부엉이 늑대가 울고
밤마다 무서워 오금이 저리던 곳

여름날의
반딧불이의 고향
도깨비불이 나타났다고
오빠들이 우기던 곳

달 밝은 날
냇가에 발 담그고 놀면은
유성들이 수없이 떨어져
젊은이들의 잠 못 들게 하던 곳

여남은 번은 더 바뀐 듯
아가 무덤은 온 데 간 데
돌산, 별똥별이 환생해
사랑의 큐피드를 마구 쏘아대는

사랑이 그리운 이여, 오시오!
눈동자에도 별빛이 반짝이는 곳
그대 오시오, 프로방스로
사랑이 이루어 지는 곳으로.

말에도 색깔이 있다

거리낌 없다고
함부로 말하지 말아요

말에도 색깔이 있기에
거리낌 없다고 함부로 말하면
검푸른 바닷물처럼
종잡을 수 없이 출렁일 때가 있어요

건성으로 한 말에도
진심이 묻어난다면
고개가 절로 끄덕여지는
초록 같은 미소년의 미소 일렁일 테고

교양이 몸에 밴
겸손이 묻어있는 말에도
애 띤 소녀의 다갈 빛 같은 볼우물에
잔잔한 물여울이 일지 않겠어요

말에도

제각각 색깔이 있기에

알록달록 무지갯빛 감도는 언양을

마음 안에 가득 담아 둔다면

어느 때든 고운 말이 배어나지 않겠어요

꼬까옷 입은 말에는

음악이 흐르는 물결 파도 같이

달밤, 박꽃 같은 하얀 웃음으로

매일 기쁨이 되어 올 테니까요

말을 곱게 쓰는 사람이

세상에서 제일로 아름답다 하지 않든 가요,

고운 말만 가슴에 가득 담지 않을래요.

그대 오시는 길

깨금발 딛고서
개나리 진달래 조팝꽃
수많은 과실수에
애기똥풀마저 꽃 맺고 나면

뒤이어 고깔 쓴 듯
아리랑 아라리요
쓰리랑 쓰라리요
백의민족 한풀이 춤사위로
봄 문 활짝 여는 목련꽃 피우면

조랑말 탄 새신랑
꽃 가마 탄 새색시
둥개둥개 꽃 바람 미소 배시시
들썩들썩 신혼 단꿈 젖으면

만화방창 봄꽃들의 향연
닐리리야 닐리리야
죽은 땅 같던 변방에도
연둣빛 옷고름 풀어 헤치면
정연코,
그대 오시는 길.

군무를 추는 꽃

참으로 함초롬히 피었다

그리움 가득 베어 물고
사랑으로 핀 꽃인가
군자 기질 타고났으면서도
임 기다리다 멍든 넋인가
애련 가득 품은 꽃인가

들 가에 피면서도
바다를 품은 듯 별을 품은 듯
세월을 먹다 만 엉걸 불같이
유혹의 본능 어쩔 수 없어
그리움에 사무치어

밤새 군무를 추는 꽃이여라.

쑥부쟁이

가을바람 불면
들꽃 향기 샤방샤방
쑥갓 베어다 다라에 담은
고향 가득 그리움 깃든 꽃이여

찬 서리 서걱거리면
달빛에 스밀까
바람에 실려 갈까
그리움 삼키다 꺼억, 꺽

수도원에 간 딸이 그리워
아린 눈물 빛 서려있는
내 누이 같은 쑥부쟁이여

임 오실 제

억새 서걱이는 곳
내 임 재 오실 제

황금빛 너울너울
춤추며 재 오시네

저녁노을
해설피 울음같이

버선발로 뛰어가니
만산홍엽만 더 붉어 수줍구나.

가뭄

질긴 명줄 한 가닥
놓아버릴 찰나
생명 있는 것들의
핏줄 튀는 외침이 들린다

어둠 뚫고 들려온다
가냘픈 그네들의 함성
불협화음의 가얏고 소리
얼마나 고매한
그리움이던가

아편을 맞은 듯
힘이 불끈불끈 솟아나는
생명수
그 얼마나 애타던
사랑이던가

눈 감아도 보이는
하룻밤의 여인숙
밤새도록
노닥거리고 싶었건만
어찌 바삐도 가버리는지

애원 타 터지는 가슴
갈라지는 목젖
질펀하게 적셔줄
유월에 지는 긴 장마는
오세아니아로 여행 중인가.

야 화

잊을라치면

찾아오는

가을날의 그리움 하나

그윽한 향기 내어

먼 기억 일깨워 주는

낮이면

눈물 꽃 그렁그렁

하얀 낮달에다 편지를 썼더랬나

어둠이 깔리면

별 총총 부둥켜안고

아리한 그리움 눈물 꽃으로

밤길 찾아 헤맨

야래향, 하늘타리처럼

밤 향기로

다녀간다는 기별이었네.

제목 : 야화
시낭송 : 박영애
스마트폰으로 QR 코드를 스캔하면
시낭송을 감상할 수 있습니다.

가을비 내리면

가을비는
자드락비로 내려주면 좀 좋아
울 어메 얼굴
근심 서리지 않게

이슬비 촉촉이 머금은 과실수
가을 햇살 한 줌에
새악씨 볼 같은 빠알간 수줍음으로

한해의 땀 흘린 보람
광주리에 담기는 수확의 기쁨

가을비 직사게 퍼부으면
수확철 앞둔 울 어메 마음 까메져
자꾸자꾸 하늘만 바라본다.

갈 때를 아는 갈대

진득이 머문 적 있던가
안갯속 결정체 같은 갈대
아쉬움을 뒤로하며
세월 마디를 접어야 할 운명

아린 마음 보듬으며
석양빛 머금은 가슴 언저리
떠날 땐 뜨거워라는 갈대의 위로
가을은 으레 그런 게야

따뜻한 그 무엇이
그리도 그리워지는가
명치끝이 시럽도록
아픔을 토해내는 홍엽은

너무 설워 말아라
어미 손 놓았을 뿐이야
은빛 손수건 흔들며 눈물을 닦아주는
갈대의 서걱거림 같은

모유의 뿌리 따라
다시 환생할 경계선일 뿐이라며
토닥토닥 다독이는
가을은 으레 그런 게야.

제목 : 갈 때를 아는 갈대
시낭송 : 박영애
스마트폰으로 QR 코드를 스캔하면
시낭송을 감상할 수 있습니다.

후투티 (오디새)

일 킬로미터에
원 플러스 원, 도움이 될까
성모당 미바회미사에 왔다

난데없이 포로롱 날아드는
인디언 닮은 새 한 마리
금잔디 위 후투티춤이 곱더라

긴 부리로
잔디 속을 헤집으니
꼬물꼬물 애벌레로 성찬례를

그레고리오 송가에
기도 소리 깨이지 않게
오디새의 노래 뽀뽀뽀 뽀뽀뽀

초록 잎 춤추는
그늘 아래서
여름날 봉헌 성가가 은은하다

값없이 거저먹는
오병이어 신비는
잔디밭에서도 일어나는
기적의 만나여.

마비정

처음으로
아장아장 아기 손 잡고
벽화 마을로 나들이 갔다
진짜 같은 그림이 신비로운가
한참 서서 바라보더니
멍멍이라며 목줄 잡기도 하고
비눗 방울 놀이하다가
강아지풀 따서 토끼에게 주더니
혼자서 까르르까르르 웃는다 갖고 싶거나 하고 싶다는
말 대신 소리 지르다 떼쓰다
우는 것으로 표현하지만
그래도 귀엽기만 했다

근래에 낯가림이 심해져
할아버지만 보면 울어 버리고
안아주려 해도 피해 버리고
입에 맞지 않는 음식은
쳐다보지도 않는다
동생 소식에 아키 타는 건가
핼쑥한 손주가 애처로워 고기를 잘게 잘라 먹여 주니
오물오물 잘도 먹는다
할머니가 사랑해! 하니
엄지 검지 하트 쏘는 모양이
얼마나 귀엽던지
부디 건강하게만 잘 자라주길
바란다, 아가야.

봉숭아

아리한 그리움인가
밤새, 눈물 흥건히 매달고서
빨간 꽃물 드는 봉숭아

달달한 사랑인가
콩닥콩닥 뛰는 가슴
새암파지는 가시의 미소

연어들의 에움길
엄마의 내음새 따라
추억 속을 씽, 씽
오두막집 뜰에 심은
꽃물 드는 사랑 이야기도

그립다
그립다
작은아이 추억까지
가얏고 소리 구슬프게

가시의 숨결
손가락 마디마디
빨갛게 꽃물 드는 봉숭아.

제목 : 봉숭아
시낭송 : 최명자
스마트폰으로 QR 코드를 스캔하면
시낭송을 감상할 수 있습니다.

팔렘방 아시안게임

자카르타 거주 중인 딸 가족은
축구를 사랑하는 사위와
두 손주 녀석 때문에
아시안게임 팔렘방에 갔다가 경향신문에 대문짝만하게 사진이
실렸다고 연락이 왔다
마지막 날 결승전이 있는 날
기쁨의 환희에 젖어 서로 얼싸안고
축제를 즐겼다며 사진도 보내왔다

사랑하는 내 딸아
응원하는 소리 환청으로 들리는 듯
건강하게 씩씩하게 자란 두 녀석 이대로 흐르는 세월이라면 대학
문 앞도 눈 깜짝할 새 다가가리라

방학이 되면
외가댁 바닷가의 친가댁 하며
사촌들과 어울려 신나게 뛰어놀고 할머니의 오싹한 메구이야기에
무셔 무셔 하며 할머니 치마폭에 숨으며 훗날 아름다운 추억으로
남을 텐데 그곳에선 지들 나름대로
또 신나는 이야기를 만들며
세월을 훑고 있었구나

자카르타 팔렘방
아시안게임 치르는 동안
종종 구경 삼아 나들이 가는
딸 가족 모습을 머릿속에 떠올리며
내년 여름방학 때는 꼭 볼 수 있겠지
보고 싶다, 보고 싶다.

언니의 뜨락

매해 연년
언니의 뜨락에는
봄부터 낙엽 질 때까지
아롱다롱 어여쁜 채송화
피고 지고 또 피운다

매일 매일
군락을 이루는 꽃 무리
아침부터 해 질 녘까지
이뿐이 고뿐이 어여쁜 채송화
피고 지고 또 피운다

꽃처럼 환한 미소로
아기 보듯이 바라보며
조곤조곤 꽃들과 마주하는
언니 닮은 채송화
바지런함까지 닮았다

질곡 같은 삶에
생긋한 꽃 바라보는 낙으로
온 마당에 꽃을 심어 놓고
사랑 주고 정 주고

밤새
이슬 맺히는 그리움으로
한가득 마당가에 피어나
아롱이 다롱이들이 웃는다.
언니의 뜨락에는.

화수분

아카시아꽃 피어나면
그 많은 벌들이 따다 준
꿀물 생각에 입맛 쩝쩝 다신다

수북이 핀 이밥꽃
무쇠솥의 구수한 밥 냄새
무심결에 코가 벌름벌름 거리고

한 사나흘 내린 단비로
말갛게 몸 씻은 어린 잎사귀
쑥꾹새의 하모니도 정겨워라

울타리마다
샛빨간 여우짓 입술 같은
품 큰 미소 쌈박한 하회탈 웃음
곱단 하 장미꽃 만발한 오월

이달만큼은
가족이 먼저이고 사랑이 먼저인
꽃길이었음 좋겠습니다

화수분처럼 피어나는
꽃길이었음 좋겠습니다.

첫눈 내리는 날

허연 무채 송송 송구리니
광야에 흩뿌려진
달달한 만나 같은
첫눈이 살금살금 내린다

울 엄마 김장 담그는 날
양념 같은 첫눈이 내린다
배추 씻어 놓은 삼태기에
함박눈이 펑펑 내린다

숨죽은 배추 속 곶에다
눈송이 고명 삼아
맛깔나는 병정놀이
네 한입 나 한입 입술 벌건 얼굴들

울 엄마 김장 담그는 날
멧새들도 배부른 호사
만나 같은 첫눈이 내린다
함박눈이 펑펑 내린다.

사무친 그리움

푸른 파도
밀려와도
애달픈 그리움 가실 길 없어
애타는 마음

은빛 그리움
뚝뚝 흘러내려도
보고픈 사랑은 만나지 못해
늘 그리는 마음

해거름 녘
붉은 노을 서려도
햇물 녘이면 다시
해바라기 미소일지만

아득한 그리움은
한 줄 사연도 없이
달랑
그림 한 장 보냈을까

큼지막한

해바라기꽃에

깊이를 가눌 길 없는

검푸른 바다

가고 싶다

보고 싶다는 무언의 말

울컥,

얼마나 사무쳤으면.

세월

곱고 애틋하고
사랑스럽고 미쁜 것들은
곁에 오래 머물길 원하지만
그냥 보내 주어야 할 때가 있어요

때가 되면
제 갈 길 잘 안착하길 원하지만
그냥 훠이훠이
구름에 실어 보내야 할 때도 있어요

매일 공전하는
해와 달이 그러하고
수많은 별들이 그러하고
바람과 구름이 그러하고
흘리는 눈물이 또 그러하니

맞물린
세월의 수레바퀴들이 그러려니

오면 오는 대로
가면 가는 대로
너른 가슴으로 품어 주다
바람에 묻어가겠거니
빗물에 씻겨 가겠거니

밭고랑 사이로
굴곡진 세월의 흔적들이 역력해도
그냥 가볍게
훨 훨 날려 보내 주어요.

어떤 라이브 공연

라이브 공연이 펼쳐지는
나팔관 속 악단들 때문에
밤이 오면 괜히 두려워졌다

시도 때도 없이 찾아 와
라이브니 무슨 공연이니
시끄러워 반길 이 아무도 없는데

지 혼자
북 치고 장구 치고
두둥실 배따라기 자화자찬이라

미운 정도 정 든다고
나팔관 라이브 악단은
하나의 숨결로 여겨 관심도 없으니

어느 날 문득,
나팔관 속 악단들은
제풀에 지쳐 잠들어 버렸으니.

가을날의 추억

차가운 바람이 불면
더 애절하게 들려주는
가을날의 소야곡,

눈부시도록 빛나던
가을날의 서정

구르몽
“시몬, 낙엽 밟는 소리가 너는 좋은가”
서걱거림 속에서 들리는 소리

책갈피마다
진한 그리움 끼워 놓았다가
생각나면 꺼내 보는 그대

차 향기에 실려 다시
왔다간 흔적
보고 싶다, 그리움이란 연서

따뜻한 온기 머문
그대 빈자리에
왠지, 쓸쓸한 낙엽만 구른다.

인생은 산길 가는 것

인생은
여행 같다고 하나
붓으로 그림 그리는 것과
같다 하는 이도 있다
난 산길 가는 것과 같다고 할까

오르락내리락
산 너울에 몸을 싣고
사시사철 때때옷 입는
각양각색 음색인 새들의 멜로디
절세 미인도 울고 갈
만산홍엽으로 물드는 산수화는
또 무엇에 비기랴

밤이면
잔잔한 강물에 내려와
별 그림 이불 깔고 자고 가는 산이 좋아
난 오늘도 산길을 간다
해뜩해뜩 숨받으며 산길을 간다

그립다 소리 지르니
부메랑으로 와 닿는 메아리
힘내라, 다독이는 아버지 품 같은 산
내 모든 걸 맡겨도 좋을
산정기 푹푹 마시며 산길을 간다.

가을바람

살결에 감기는
가을바람이 좋다

아픔을
꾹꾹 눌러 참으며
가을바람을 맞으리라

다소곳이 디밀고 올라
가을바람에 온몸 맡기리라

살살이 가녀린 여심으로 가을바람을 맞으리라

햇살은 찡긋
하늘은 달 뜨고
열매는 야무지게

구월의 금빛 줄 친
금기(錦旗)蘭 향기
소복이 오주바 안고서
가을 바람맞으리라

모든 것에
모든 것이 찰진 웃음
가을바람이 좋다
가을바람이 참 좋다.

상사화

신의 질투인가요
이 상사병을 어찌하나요

중독 강한 사랑에
올가미 씌어 버린 형벌인가요

해마다
이때쯤이면 산언저리에 피워 각혈하는 꽃,

체취만이라도 느껴질까
더듬이 길게 드러내어
촉수를 세워보지만

그리움에 짓무른 그대 피울 음으로 견디라는 운명 같은 형벌인가요

그리워도, 그리워도
참아야만 하는
그대와 나의 운명인가요

나 있는 그대로

곱고 수더분해도
서로서로 보색배색 되어야지
곱단한 그림이 그려지지 아니한가

더하기 빼기
암, 수 서로 잘 맞물려야
세월은 잘 흘러가지 아니한가

잘살고 못살고
잘나고 못나고 떠나
어우렁더우렁 잘 어우러져야
세상은 순조롭지 아니한가

남 없는 것 네게 있어
네게 없는 게 나 있는 것 그대로
거리낌 없이 보여줄 수 있기에
인생은 솔찬히 살맛나지 아니한가

날 데려가 주

도르가의
해맑은 눈망울처럼
노란 물 밴 들판으로 바람아
날 데려가 주

향수병이
도져서 울고 싶을 땐
금계국 춤추는 곳으로 구름아
날 데려가 주

미로처럼
길과 집들이 뒤엉킨 곳에서
벗어나고 싶다 했건만
내 마음은 언제나 목석일 뿐

숨길이
턱밑에 차올라야 가려나
금계국이 일렁이는 곳으로
그곳은 언제나 상큼한 아침 같은 곳

금계국이
방글방글 웃으며 손짓 하면은
꾸물한 마음 저만치 날아가 버리는
그곳으로 날 데려가 주.

싸릿대

나는 야,
사흘에 한 번은
때론, 닷새 만에 한 번쯤은
싸릿대 순으로 꿈을 먹곤 해

한 닢의 눈에
댓 닢의 복숭씨에
한 움큼의 위가 편 타 해

포르무리한 순 따 가
주먹밥 함께 먹으면
짭쪼름 쌉쌀한
아버지표 주먹밥이라 해

산길 걷다
옛일 떠올라
싸리잎 따 다 씹으면
세월을 먹고 추억을 꺼 내
푸른물 밴 꿈이야기 하곤 해

아, –

약초 사랑이
약 중의 약
싸릿대 순을 먹고는
푸른 물든 나는 야, 건강미인.

장마가 지면

그 날은 반 공일 (토요일)
오, 육 학년 된 동생과 나

지들끼리 서로 엉키고 설킨
씨고구마 덩굴
낫으로 싹 둑 잘라 다
능금 밭 못 미쳐 묵정 밭까지
들고 가다
이고 가다
동생과 나 영차 영차 힘이 부친다

고구마 순 심는 날
고순이 시집가는 날
잎 두 마디 남기고 자르는 일
엄마의 일손 돕는 날

서리 내릴 때쯤
어른 주먹만 한 고구마 주렁주렁
윗방에 쟁여두고 겨울 내내
귀한 주전부리 생각하며

하나 둘 싹 둑!
하나 둘 싹 둑!
동그란 무늬가 있는 잿빛 뱀 한 마리가
덩굴에서 혀를 날름거리며 슬슬 기어 나왔다
엄마야 독사다! 독사!
하늘이 무너진 듯, 둘이서 한꺼번에
기겁을 하고 소리쳤기로
고랑 짓던 엄마는
엉겁결에 들고 있던 호미로
독사를 훠이훠이 쫓으며
덥기로서니 고구마 덩굴이 시원 튼가!
어구 머니나!
어째, 독사를 머리에 이고 안고 왔어도
물리지 않았네, 운이 좋긴 좋구나!
동생과 둘이 부둥켜안은 체 덜덜덜
일하는 아재가 와서
삽으로 패대기를 쳐 잡아도 무섭긴 매한가지

꼭 이맘때면 생각이 난다
보리 수확 끝내고
모내기도 끝나 한시름 놓은 시즌
긴 장마가 지기 시작하면.

카네이션 한 송이

흐릿한 날
감미롭게 내리는 푸른 빗방울
자박자박…

곁에 없음을 아는데도
헛헛한 마음 나도 모르게
눈물 핑그르르
내 마음 아는지
하늘서도 눈물 뚝뚝!

오늘따라
너무도 그리워지는
어머니, 어머니
카네이션 한송이는
어디에 달아야 한답니까
가슴에 꽃 다는 이 오월에

하늘만 봐도

떠오르는

불러만 봐도

가슴 메이는 이름 어머니,

살아생전

조금 더 잘해 드렸어야 했는데

통한 한들 무슨 소용이랴 만

사랑합니다

그립습니다

어머니, 어머니.

제목 : 카네이션 한 송이
시낭송 : 박영애
스마트폰으로 QR 코드를 스캔하면
시낭송을 감상할 수 있습니다.

하루살이

무에서 영원은
대양의 물 한 방울이요
낟알 한 알에 비기는
하룻밤의 여인숙 같은 것

어떤 곳에서
어떤 이유로도
진득하니 머문 적이 있었던가

바람이 그러하고
구름이 그러하고
길손처럼 떠가는 계절이 그러하니

돌고 돌아 다시 그 자리
흘러온 그도 그가 아닌 듯
그저 세월의 길손일 뿐

누이의 수줍음인 양
불 그래 볼우물 지우고
해득 해득 밭은 숨 내쉬며
검불 속으로 바삐 가는 하루살이.

선물 같은 오월

오월이 아름다운 건
장미꽃이 피었기 때문일 거야

울타리마다
꽃 중의 꽃,
여왕의 꽃이 활짝 피었다

사랑하는 이에게
왜, 장미꽃을 바치는지를

미욱한 마음속에
장미꽃 한 송이라도 건네 봐
사랑하는 마음이 엿보이잖냐
따뜻한 가슴에
행복한 마음이 되어

주는 이도, 받는 이도
기쁜 마음 일렁이게 하잖아

오월이 아름다운 건
장미꽃이 웃기 때문일 거야.

구월 그믐의 여름날 섭씨 삼십도

무슨 미련이 남았더냐
달포나 더 나아가도 나아갔을 네가
성큼 뒤돌아 왔더라 했냐
네가 간다길래
배웅 길에서 내년을 기약했건만

무슨 연유가 있어
어슬렁 어슬렁 길거리를 활보한다냐
단물 더 달라는 열매 탓은 아니지
씨알 더 굵게 해 달라는 낟알 탓은 아니지

지금이 제격인 하늬는 (가을)
기별도 없이 다리 밑에 웅크렸다냐
하필이면 오늘 같은 날에
딱 숨은 듯 숨어 버린 하늬네는
남매지에 와서 진땀 빼는 밭은 숨

가다가 다시 온 놈이나
왔다가 숨어버린 놈이나
두 연놈이 붙여 싸우면
죽어나는 건 농작물 매타작뿐이니
얄미워라
얄미워라

이미 마음의 서랍장에
켜켜이 쌓아 놓은 여름을 꺼내다
구시렁구시렁 손부채질이다냐.

사랑은 봄물 번지 듯

심심산천
복사꽃 만발한 언덕에는
연분홍 치마 입은 아가씨의 미소
설레이지 않고 못 배기리

선남선녀의
꽃과 나비의 사랑
복숭아 볼 같이 수줍은 얼굴
포옹하지 않고 못 배기리

다가가면 밀어내고
까탈 부리다 설레발치다
곱단 하 봄물 번지면
사랑하지 않고 못 배기리

사랑하지 않고 못 배기리.

부활 2

여기도 꽃 저기도 꽃
온통 꽃 잔치
노란 개나리 곱고
분홍 진달래 곱지만

안개 자욱이 낀 듯
꽃비로 흩날리는 벚꽃은
천연두 번지듯
혼불로 지피 우고

기어이
눈 부신 빛으로 보아
사월의 신부
부활의 기쁨이어라

할렐루야
할렐루야

죽은 듯한 가지마다
온기 머금은 풀잎마다
아이 달래는 여인같이
쌈지 속 옥합을 열었구나

할렐루야
할렐루야.

춘희

요맘때쯤
서울로 시집간
춘희는 봄바람 타고
고향산천 고샅길에 오른다

연지 곤지
곱단 하 치장하여
봉긋봉긋 부푼 혼몽
만삭의 몸 부여잡고
봄을 해산하는 춘희

몸 풀면
산등성이마다
풀물 묻은 살덩이
응애응애
싱그러운 물 올린 아기
한 여남은 날씩
또 여남은 날씩

봄꽃잔치
온 천지 사랑에 겨워라.

오래된 고백성사

남 갖지 못한
배다른 남동생 둘 있어
우린, 관심 밖이었습니다
줄줄이 다섯 딸을 낳은 뒤
엄마가 낳은 사내아이 하나는
사랑을 독차지한 귀염둥이
아들 귀한 집 내력입니다
계집애라고
천덕꾸러기 신세가 되어
호기심 소녀 반항하다
한양 땅에 막무가내로
상경해버렸습니다
처음으로 떨어져 본 가족들이 그리워 눈물로 원망으로 지새던 밤,
과수원 농가 바쁨을 뒤로 한 채 한 달여 만에
종고모댁으로 데리러 오신 아버지 꿈인 듯 생시인 듯
너무 반가워서 아버지 품에 와락 안겨서 엉엉 울었습니다 다 큰
애가 부끄러움도 없이 아버진 괜찮다며 토닥여 주었습니다
오랜 세월이 흘러도 까슬한 수염이 잊히지 않아 얼굴을 만져보며
그때는 정말 미안했습니다
사춘기 반항심이 저지른 불효였음을 다 아시던 아버지,
때는 이미 늦었습니다만
사랑합니다!
고맙습니다! 아버지.

봄 마중

다 내어줘도 못다 준
봄볕 새초롬히

순조롭게
오는 봄이 어디 있다던가
산통만큼 아파야만 오는 봄

그대 오시는 길
싱숭생숭 알 딸딸
곡주 한 잔에 취해보는
봄 마중물로 오너라.

그 섬이 그립다

삼경, 달빛 두둥실
별들이 깜빡깜빡 조는 밤
헛한 가슴 서러워

달개비 같은 눈물
밤마다 입술 깨물며
꿈속을 헤맨다

처얼 썩!
너른 바다 움찔한 가슴
그리움 한가득

후울 쩍!
샛물녘 움트기까지
임 찾아 뒤척인 밤,

향수를 달래 보려
그리워 울 듯한 날에는
그 섬이 그립다, 맥실리아.

신기루의 밤

한 해의
끝자락 신기루의 밤
해어짐과 만남의 지점
연기처럼 사라질 순간
옷고름 살포시 풀어낼 찰나

가슴에 지핀 불덩이로
안긴다는

깜깜한 밤
고년이 쥔 바통은
찰나보다 짧은 순간에
건네진다는 전설
그 신기루의 밤은
어느 누구도 볼 수 없어
삼, 이, 일, 땡~~
때~앵~~
때~앵~~
국채 보상공원
보신각 타종 소리만
새날이라 알린다.

결혼기념일

정월 스무사흗날
결혼 삼십구 주년 전
참꽃 문양 새기던
불국사 신행 밤이 스친다

스물셋 나이에
스무사흗날에 결혼하고
이십삼 회 초등 졸업에
이십삼 회 중등 입학에
참으로 우연히

지금은 이십삼 층이
내 집이 되고
이십삼 예지몽으로
이삼사일 비몽사몽하다
구름에 달 가듯이
새벽빛 따라 스러지는
이슬처럼 영롱하게 살다 가고 프다

다갈빛 그리움

잿빛 하늘에서
눈송이 나풀나풀
그리움도 따라 내릴 때

입김 호호
나뭇가지마다
따스한 솜옷 한 벌 입는 날

다갈빛 사랑인가
나목마다 꿈 이야기 사박사박 끌어안았다

황혼빛 속에
그리움이 다색으로 스미어
중년의 가슴에
살포시 안겨 올 때에

굴뚝 연기
아스라이 오르는 고향집
다갈빛 그리움도
몽글몽글 피어오른다.

만추 , 마지막 열정을 사른다

상큼함으로 가득 찬

가을엔

기분 좋은 바람 바람

그리고 그리움

달콤함으로 가득 찬

열매엔

이슬과 따가운 햇살

그리고 사랑

파란 하늘

말도 살찌는 천고마비

마지막 열정까지 다 사르고픈 가을

그리고 결실

수확이란 낱말로

또 한 번 아파보려 하는

만추의 계절

그리고 갸륵한 희생.

우연히 수첩을 보고

사십여 년 전
한 동네 아주머니가
친정 조카를 소개해
선본 지 이십 일 만에
첫발을 내딛는 결혼 행진곡
자세히 못 본 딱 세 번 본 얼굴
시숙이 신랑 같고
신랑이 시숙 같아
바꿔도 모를 닮은 모습

한참 신혼 단꿈에
젖어 있을 무렵
계 모임이니 회식이니
며칠을 새벽에 귀가
하루는 술에 취해 외박을
옛 수첩이 눈에 띄어
몰래 들여다보다
너무 놀라 앞이 깜깜했다

어찌
여자 이름의 연락처까지
이** 박** 조** 송**
분명히 옛 애인이거나
여자 친구 아니면 회사 동료
의문은 꼬리에 꼬리를 물고
뇌리에 떠돌아

어찌해야 좋을지 몰라
집 앞 공중전화기를 들고
다이얼을 돌린다
삐 삐. –
여보세요
허스키한 남자 목소리
더듬더듬 혹 박**님
좀 바꿔 주시겠어요!
제가 바로 박** 인데
근데 누구시죠?
황당하여 찰칵!

또 다른

여자 이름에

굵직한 남자의 목소리가

제가 바로 이**입니다

다음에는

혹시, 그곳에 남자분들

계모임 하나요

네, 근데 누구 찾으시나요

더듬더듬, 그냥

그만 실례를 했습니다

끊을 찰나 저쪽에서 다급하게

잠깐, 누구 찾으시는지

바꿔 주겠다고….

가슴이 콩닥콩닥

얼굴이 화끈화끈

어째, 여자 이름 남자들이…

아직도 그때 일이 떠올리면

심장 쿵쿵 심장 쿵쿵

나만의 말 못 할 비밀 하나.

한글날

경상도 방언에
여동생이 언니를
남동생이 형아를 부를 때
코 푸는 소리 같은
힝아인가 히야인가
할머니가 갈쳐 준 그 말은
글자로 쓰고 싶어도 안 써진다

아마도
반치음인 ㅿ, ㆁ, ㆆ, ㆍ 네 글자 중
여린 히읗이 아닐까 싶다
한글은
깊이 빠져들수록 더 곱다

강들돌달물별산숲해풀빛
봄, 여름, 가을, 겨울

구름나무다리모래바다바위
동서남북 매난국죽

먼산바라기
바람꽃 되어 훨훨
중중 단모리장단 휘모리장단
꽃 타령에 을씨구나 좋구나
한글날에
우리글을 읊조리다.

詩人의 계절

오색 찬연한 가을
하늘은 높고 청명한데

무에 그리
인생이 버거운지
내 안으로 온 詩는
텃밭에 심겨보지도 못하고
구름으로 왔다가
바람처럼 사라지는가
왜,

담장 곁 땡감은
이슬로 몸 씻고
단물 들어 벌겋게 익어 가는데
그리움에 사로잡힌
내게 안긴 詩는
꿈결 따라
들녘으로 날아가 버리는가
왜,

누구나 明詩 하나쯤은
남기고 픈 詩人의 계절에.

시대가 낳은 자화상

길을 걷다가
혼자서 구시렁구시렁
별 미친 사람처럼
공중에다 삿대질하다 웃다가

손바닥에 눈 꽂은 체
어슬렁어슬렁 길을 가다
자동차는 빵~빵
그 안엔 또 다른 세상이 있다지

지하철 타 보라
늙은이는 죄다 서서 가고
젊은인 귀 막고 눈 가린 얌체
양보, 동방 예의 지국
시대가 쌈 사 먹은 지 오래

또 뭐 있지
아, 뭐든 거기다 입력해 놓아
기기를 잃어버렸다 치자
내 집 번호도 떠오르질 않아
안절부절 검은 터널 속 헤매고

앞으로는
자아까지도 까먹을지 누가 알랴
시대가 낳은 자화상 뒤에는.

사사

산 죽도 아닌 것이
잔디도 아닌 것이
논둑에 깔린 삘기 닮은 것이

화단으로 풀방구리 드나드는
잔잔한 너는 무엇인고 하니
사사라 이름표 달았구나
삼봉 사사
판삼사사
밀직사사
지밀직사사
한세월 사사로 살다 갈 참인가

이 몸이 죽고 죽어
일 백번 고쳐 죽어
이런들 어떠리 저런들 어떠리
천년의 세월 바람에 깎여
배신을 밥 먹듯 하는 이 나라 꼴이
잃어버린 신뢰는 어디서 찾으리오

사르르 사르르
바람에 떨리는 너는
누가 사사라 이름 붙였는가
사사.

사는 기쁨

며칠 못 본 사이
제법 자라서 할미와 눈 맞추니
방긋방긋 고운 아기천사

아침까지
머릿속에 맴돌던 걱정거리
어느새 다 씻기고 없어지는 듯

보드라운 살결에
햇물 냄새 가득 밴
아기와 함께 지내노라면

하늘 위로 걷는 양
꽃이라도 받은 양 연신 웃고 있는
거울 속 나를 본다네.

배롱나무는 알고 있다

해거름
길게 드리운 여름날
치맛자락 붙잡는 아이 함께
배롱나무 놀이터로
아줌씨들이 하나 둘 모여든다

생 비디오 같은 이야기에
콩닥콩닥 뛰는 가슴
이런저런 삶보따리 풀어 놓으니
부끄러워 볼이 발그레진 새댁이

누구네는 이사를 갔고
아랫집 젊은 새댁은
아직 돌아오지 않았지만
왜 새벽에야 돌아오는지
배롱나무는 다 듣고 있다

우락부락한 젊은 남자는
술만 푸면 주사가 심해
노랑물 들인 그 집 여인은
멍자국이 가시질 않는다는 소문

쯧 쯧,

나고 드는 이야기에 귀 쫑긋

빨간 옷고름을 씹었는가

꽃잎마다 잘근잘근

잇자국이 나 있는 배롱나무.

인생의 낙

사랑으로 버무린
소박한 밥상 앞에
시름 잊히는
그것이 인생의 낙이라면

소금기에 찌든 육신도
자식새끼 입에
밥 들어가는 소리 들을 때에
그것이 살아내는 낙이라면

무거운 짐
하나하나 내려놓을 때
세상살이
그렇게 허무하진 않으리

잘 살고 못 살고 떠나
먹는 것이 남는 거라는
어른들 말 교훈 삼아
먹고 마시며 서로 위한다면
그것은 진정 인생의 낙이리라.

사모곡

연초록
이불 살포시 덮고
님 곁에 계시니
어찌 그리도
아늑하니 평화로울까요
어머니.

이리 좋은 봄날에
이리도 고운 들꽃 하며
신새들 지저귀는 선산에서
평안히 영면에 드셨을
어머니.

산들바람 불어오면
아버지 함께 손잡고
사시사철 열매 따다
밤 낮 신랑 각시놀이
이승에서 못다 한 사랑
저승에서 영원히 누리소서
어머니.

엄마

햇쑥 캐다
노란 고물 묻힌
구수한 쑥떡 하며
진수성찬이면 뭘 하나
진작, 엄마는 드시지 못하는데

엄마는
정신을 가다듬고
큰딸부터 막내딸까지
하나하나 이름을 부르며
찬찬히 바라보는 눈길 속에
괜스레 눈물이 서렸다

하룻밤 자고도
"자고 갈 거지!"
보고 있으면서도
"보고 싶다!"
자꾸 보고 싶다고 하신다

조금만 더
회복되셔서
조금만 더
우리 곁에 계셔 주셨으면
하는 바람으로…

출가외인이라
떨어지지 않은 발길 돌리며
엄마 미안해요
엄마 사랑해요
엄마, 엄마

다섯 딸은
창문으로 바라보는 엄마를
막냇동생 내외에게 맡긴 채
무거운 마음 안고
그렇게 떠나왔다

엄마는
딸 다섯을 눈에 담고
다섯 딸 눈엔
한 엄마를 담으며
자꾸 눈에 어린다, 엄마.

제목 : 엄마
시낭송 : 박영애
스마트폰으로 QR 코드를 스캔하면
시낭송을 감상할 수 있습니다.

목련꽃 1

뽀얀 얼굴 빠꼼히
음력 이월 초아흐렛날
낮달과 마주치다
부푸는 희망 벙그르는 미소

싱그러운 봄바람에
치마 속을 들썩이고
나비춤 추다 하늘하늘
목련꽃 사랑

봄 길 나서보라
은은한 향기로 발길 붙잡는
싯구절 떠올라 흥얼흥얼

'목련꽃 그늘 아래서
베르테르의 편지를 읽노라
목련꽃 그늘 아래서 긴 사연
편질 쓰노라'*

봄 만개한 날
꽃잎 널부러 질 때면
흰나비 너울너울 춤추며
날아드 노라 목련꽃 사랑.

* 박목월 시 '목련꽃 그늘 아래서' 중에서

목련꽃 2

신성한
정화수 떠 놓고
천지신명께 기도하는가
여염집 규수 새하얀 목련꽃
목련꽃으로

활짝 피다
혼절해 땅 위에 널브러져도
한 생, 아낌없이 사랑하다 가자
목련꽃으로

백로 떼 소롯이
앉았다 가는 세월의 강가
마음 정갈히 씻고
예수 부활 꿈꾸는
새하얀 목련꽃 살으리
목련꽃으로.

봄비 온다

메마른 대지
탈착한 감로주
꿀떡꿀떡 목 넘김이 좋아라

새순마다
연녹색 차려 입고
팔랑귀 꿈꾸다 여기저기 토도독

나목마다
은구슬 대롱대롱
미끄럼 타다 또르륵

봉긋한 몽우리
금 구슬 한껏 머금고
샛노란 산수유 팝콘 터지듯 타닥, 탁.

봄비 내린 산하
만물이 생동함으로 초대
봄 신고식 한번 거나하게 취하네.

제목 : 봄비 온다
시낭송 : 김지원
스마트폰으로 QR 코드를 스캔하면
시낭송을 감상할 수 있습니다.

탐라의 봄

풀빛 향기 바람에 실려 와
길 위에 뿌리면 잠자던
구름나무 봄 마중 나서네

남쪽나라 탐라국은
봄소식 주제로 수업 중
봄바람 꽃바람 살 풋은 바람

너울 너울 춤 사위 새봄 알리니
갯버들 땋은 머리 노랑물 들이고
조잘 조잘 예쁘다며 키재기하네

겨울잠 깨어난 물 자수
지난날 설움 허물 벗듯이
애타게 기린 님 꽃바람으로
가슴팍에 살포시 안기우네

남쪽 나라
탐라국엔 봄 채비 중
노란 유채꽃 서둘러 피웠네.

갈 볕

갈 볕
소담히 스러지는 토담이에
가을날의 풍요로움 가득 안고
어디엔들 스미고 싶어라
구석구석
나쁜 기운이라면
마구마구 헤집어 내어
오롯이 다 태워버리고 푼
뽀송뽀송한 갈 볕이고 싶어라

여느 어머니들처럼
행주치마까지 펼치고서
곱단한 갈 볕을
소담스레 오주바 안고
부뚜막으로 퍼다 나르는
젖은 빨랫감 같은 늘어진 마음까지
말리고 또 말리고 싶어라

신의 은혜 충만한
갈 볕이 스러지는 날엔.

마지막 잎새

아름드리나무들
셀 수 없이 많은 이파리
늦가을까지 남았던 열정
다 쏟아내고 나면
마지막 잎새 하나 남았지

이슬과의 사랑도
찬바람 일면
뒤돌아서야 할 운명
어머니의 땅 모유로
환생하기 위한 숙려 기간에

시인들은
그 한 잎을 위하여
시를 짓고
노래를 만들고
감성 꽃 피워 빈 가지에 걸어 두면

수많은 잎 중에
그 잎새 하나가 주는 존재로
그닥 쓸쓸하지 않는 겨울
詩로 남겨질
마지막 잎새.

노인과 조롱박

곰방대 입에 물고 뻐끔뻐끔
호리병박 하나
핫바지 허리춤에 매달고서

조선 시대로
타임머신 타고 간 듯
땜질한 나지막한 기와지붕 위에
한다리 걸친 채 박 넝쿨 만지며
하회탈 닮은 웃음 지운다

달빛에 몸 씻은 조롱박
고운 각시 만지듯 정성 들이어
가을날 조롱박 주렁주렁 열렸다
오롱조롱 허연 나체로
오미 가미 웃음도 퍼 담아

생을 조롱박에 내다 건 노인
아롱다롱 내 새끼
요리 예쁜 대롱이
오롱조롱 내 새끼
사랑 듬뿍 조롱이

곰방대 입에 물고 뻐끔뻐끔

조롱박 하나

핫바지 허리춤에 매달고서

조롱박 사려, 조롱박

조롱박 사려, 달빛 먹은 조롱박.

낙엽 편지

봄부터
가을까지
계절의 노래하는
수많은 이파리들

시를 품고
시를 낳고
시를 자아내어
별을 노래하던 꿈 밭에

따가운 여름날
연일 때려 맞은 폭우 함께
쓰라린 추억까지 새겨 넣어
때깔 곱게 차리고

하늘을 담았다가
그리움을 담았다가
사연 많은 편질 띄우오니
고운 단풍잎 하나 날아들면
나인 줄로 아소서!

꿈 찾아 헤맨 그리움
무지갯빛 낙엽 하나 날아들면
나인 줄로 아소서!.

제목 : 낙엽 편지
시낭송 : 김지원
스마트폰으로 QR 코드를 스캔하면
시낭송을 감상할 수 있습니다.

겨울 문턱에 서서

바람에 흩날리던
낙엽을 쓸어다 불태우면
시골스러운 냄새 알싸히 풍겨 와
괜히 향수병이 도진다

아낙네들 김장하는
정경이 눈길에 스치면
온 식구 모여 김장 담그던 생각에
고향 하늘로 막 내달린다

쭉쭉 찢어서 얹어주던 손맛
시뻘건 배추김치 하나에
밥 도둑이 따로 없어
괜스레 눈물이 핑 돌았다

배추김치에 사랑 듬뿍
무 한 다발에 정 듬뿍 넣어서
그리움으로 버무리는데
겨울이 동그만히 서서 바라본다.

가을엔

밤새워
찬 이슬 머금어
아침햇살에 빨갛게 홍조 띄우고

해 질 녘
노을에 취하여
산허리 감돌아 어우렁 더우렁 뒹굴고

다디단
가을날의 오곡백과
사과 향 같은 상그라운 웃음도 날려 봅니다

갈 빛 스카프
휘날리며 자박자박
오색 단풍 레드카펫 깔아주는 가을은

금빛 두런
햇살까지 너무 사랑스러워
남은 열정을 불살라 영혼으로 노래합니다.

철 잊은 진달래

높고 높은 심심산천
화왕산 갈대 숲 외딸은데
그 누구 없나요
내 목소리 들리나요
시퍼런 입술 오들오들 떨며
임 그리워 찾는 철 모르는 진달래

갈대에 이는 바람
임 발자국 소리 서걱서걱
임 인가요
임이 오시려나요
깨금발 딛고서 기웃기웃
고갤 내밀면
갈바람은 살포시 입맞춤합니다

파아란 하늘가에
그리움을 싣고
은빛파도 타다가 해뜩해뜩
구름에 퐁당 빠져서
임 찾아 나서는 철 모르는 진달래
시공을 초월한 사랑,
괜스레 눈물이 납니다.

사랑한다면

하루를 뒤로할 땐
포도주 한잔에 행복한 미소

끊으려야 끊을 수 없어
중독 강한 니코틴에 매료되는
당신

옥신각신 하다
짜샤, 쌔꺄 란 욕도 자연스러운
당신

배운 대로 써먹는다는
동생이 누나더러 짜사!
누나가 동생더러 쌔꺄! 하다
곧 가다 난리를 치는 자식들

근래엔, 손주 소식에
몇십 년을 달게도 마셔대던
담배를 용케도 끊어낸
당신은, 손주바보.

상 념

보고픔은 눈에 담고
그리움은 마음에 담지만
허전함을 담을 수 없어
하얀 백지에 뜬구름을 담았다

기억 속의 내 고향
황혼빛으로 물들일 때
어머니 냄새 그리워
깊은 상념으로 젖어 든다

머리에서 가슴으로
생각에서 마음으로
상념의 유희로 나래를 펼치며
아름다운 전설로 적시어 온다

고달팠던 굴곡진 삶
피멍 든 가슴에 부여잡고
훠이 훠이 거동까지 불변하여
마지막 추상들 매듭짓는다

온전치 못한 기력으로
가신 임 올까 그리운 눈길
저 제나 올까나 미안한 마음
동구 밖만 한없이 바라본다.

자미화는 지는데

배롱꽃
탐스러이 피운 산자락
찬바람 불어올 즈음
갈 빛 물감 한 획 씩 그었다

자미화는
주름잡던 여름을 접으며
"헤어질 벗에게 보내는 마음"이란
눈물꽃 편지를 띄우고

아,
노을빛 닮은 산마루의
갈 빛의 향연이여
갈 빛의 세레나데여

도투락
나붓대는 노오란 은행잎
마가목의 빨간열매 오롱조롱
풍요로운 들판마다
가을이라 춤을 춘다
흥을 띄운다.

* 자미화 : 배롱나무

여름의 잔영

비 내리는 날은 아침부터
그리움이 밀려들었다

눈물인지 빗물인지
시구를 구시렁구시렁 읊되 던
아직은, 여름의 잔영이
바다를 그리던 향기를
품위 있는 그 자아를
산자 옥에 내리던 운무를
부쩍, 살가움이 돋는다던
은방울꽃에 스미어
짭짤한 소금기 같은 눈물을

것도 못 마셔 애타던
것도 심장이 벌렁대던
것도 잠 못 드는 밤에
것도 시인의 감성 같은
것도 에델바이스 음률 같은
여름 향기에 매료되어
결 고운 시를 써대던

아직 떠나지 못하는
대지에 서린 여름의 잔영,

제목 : 여름의 잔영
시낭송 : 박태임
스마트폰으로 QR 코드를 스캔하면
시낭송을 감상할 수 있습니다.

바다

수평선 제 너머에
아스라한 그리움
기억 한 점 움켜잡고서

보고 싶다, 쏴
소용돌이치며 처얼 썩,
바위에 부딪힌 추억의 잔상들

가슴 어린 눈물과
애환 가득 스며든
인어와 소년 사랑 이야기

붉은 낙조 위로
기러기 날으면
그리운 환영이 꿈틀꿈틀

그립다, 그립다
파도들의 함성 처얼썩, 쏴
갈매기 노래하는 바다에서.

요리

쌓이고 쌓인 속 내
어찌해 볼 도리가 없다
미욱한 마음까지
훌 훌 떨쳐 내고 푼 날은
요리를 한다

매운 고추 송골송골
뚝배기 된장 뽀글뽀글
눈물 콧물 다 쏟아 낼
개운함 같은 얼큰함을 끓인다

뒤틀린 心思
발톱으로 콕콕 찌르는 참게요리
속 시원히 떨쳐 낼
요리를 한다

바다 같은 心然

한바탕 태풍이 휩쓸고 갈
알 수 없는 속 알들
가슴 후련하게 씻어내 줄
강도 높은 요리를 한다.

바다의 분신들

마라도가 훤히 바라다 보이는
바다에서
낚싯대를 드리우는즉슨
꾼에게나 왕초보에게나
팔딱팔딱 바닷물 분신 같은
생선이 걸려들었다, 전갱이도 참돔도
그리고 고등어도
미끼를 끼운 바늘 수만큼
서너 마리도 네댓 마리도
와 –
낚았다 –
환호성 함께 바닷물도 출렁인다

손 놀면 뭐 한다며
잡은 고기 멱따다
돼지 멱따는 소리는 들어봐도
생선 멱따는 소리는 처음 들어본다
꾸르륵! 꾸륵!
수많은 눈들이 말갛게 치뜨고서
살려달라 울음 우는 고기들
죽이진 마라도. 마라도!
여러 날이 지나도 들려오는
절박했던 그 울음소리
꿈 룩, 꾸르륵!

하도 울어대는
죽이진 마라도! 마라도!
난 모르는 척
슬슬 미끼 끼워 낚싯대를 드리운다
탱탱하게 잡아당기는
부러질 듯 휘어지는 낚싯대
고기와의 밀당,
어둠이 깔리는 밤바다에서.

그리움

사촌과 놀다
소나기 때리면
할머니 허연 무명치마 펼쳐
비 피해 숨어든 우린 왈가닥이
이것아, 이럼 안돼야!
할머니의 꾸지람에
흙바닥에 튀는 빗물에서도
알싸한 망춧물 배인 냄새

여름날
쑥대머리로 모깃불 피우면
알싸한 싫지 않은 풀 향기에 취해
할머니의 옛이야기에 취해
스르륵 눈이 감기던 여름밤
입가에 살며시 피어나는 미소
옛 그리움, 그리움.

코끝의 고향

유월이 오면
금빛 출렁이는 들녘
토실토실 여문 밀 이삭 베어다
솔가지에 불 사르면
뻑뻐꾹 ! 뻑뻐꾹 !

땀 내 전
어머니 냄새 코끝에 스치면
하얀 이 드러낸 새까만 얼굴들
뻐꾸기도 그립단가
뻑뻐꾹! 뻑뻐꾹!

청청, 청산리 푸른 동네
팔지 못한 고추밭 터 때문에
아들 손가락의 잽도
안된다는 딸, 딸
다섯 자매 우애만큼은 두텁떡!

밀 이삭 누렇게 익어갈 때면
불 냄새 밴 꿀맛 같은 밀 싸리 생각
오래오래 혓바닥에 맴도는

그 추억 못 잊어리.

친구 생각

담이 고갯길 넘을라치면
새까만 얼굴 까까머리
숫 골과 암 골을 거쳐가는
긴 동굴 기차 소리 요란한 동네

가을이 되면
골골이 누런 곡식
반시가 주렁주렁 온통 붉은 감
정든 두메산골

일제강점기의 흔적
갈래갈래 역사 속 긴 터널엔
감 와인은 깊으게 익어가는데
순진무구했던 어릿광대는
아직도 그 산골에 살까나

푸르 땡땡
그 아이들 온 데 간 데
와인처럼 잘 익은 푸근한 웃음들
꽃 피고 까치 우는 정든 내 고향

소싯적 뛰어놀던 아이들
숱한 그리움이 샘솟는 기억 저 편
천진스러운 조무래기들
막 뛰어올까나.

하루가 주어지는

여명이 비칠 때
빨간 핏덩이 하나
막 해산하더이다

성난 파도 잠재우며
불그레한 이슬* 온누리 사지르고
햇덩이 하나 막 잉태하는
선물 같은 하루가
장엄 타 못해 엄숙해지더이다

하늘이여

신령스러운 바다여
금방 건져 올린 하루를
온 사방으로 번져가는 하루를
가슴 뛰게 태동시키니
두 팔 벌리며 포옹하겠나이다

오 위대함이여
선물로 안겨주는
붉은 빗살들로

햇물 녘 핏덩이 하나
마악 해산하더이다.

* 이슬 : 산통 있기 전에 비친 피

모란

코티 분 냄새
사분사분 날리길래
엄마를 본 듯 반가운 꽃
누가 너를
향기 없다고 하나
붉은 연심 불태워
고이고이 붓끝에 노닐고
밤새워 병풍에 다
떡 하니 신방을 차리는데.

해갈

목 타는 가뭄
달콤히 감싸주는 감로수
만물이 미소 짓는다

목 축인 들판
짭짤한 하늘의 눈물맛
흙덩이의 속살거림
씨앗 품는 소리 뽀록. 뽀로록

빗물에
빨려 들어간 데도 좋아
모처럼 빗방울 장난
만물의 환희의 소리

만만해 하던 고놈들
이 땅에 얼씬도 마
행운을 물어 온 빗물
꼼짝없이 나자빠진 메르스.

땡초

도마대에
반들반들한 청량고추가
수북이 쌓였다

아낙네 몇이
송골송골 양념장 거리
야무지게 다지는데

화딱지가 난 걸까
씨앗 하나 공중부양하다
눈동자를 툭 쳤다

번쩍,
무소의 뿔 같은 것이
화끈화끈 불붙기 시작했다
얼얼한 눈물 뒤범벅으로

고추 당추 맵다 한들
이 정도일 줄이야
희나리의 칼춤이 번뜩인다

찰나,

눈에 댄 손

상상도 못 한 땡초의 맛

눈앞이 하얘지다

일 년 동안 쏟아낼

눈물 콧물, 한꺼번에 터진 후

말갛게 씻겨진

비 온 후의 개운함 같은

땡초를 다진다.

민초의 꽃

죽은 듯이 말이 없었다
사랑한다고 속삭여 줄 수 없어
가슴앓이 하듯
오밤중 향기로 말하는 야래 향

폭우에 뒤틀리고
목마르고 허기지고
무엇이든 결핍되어
가난을 숙명이라 여기는 민초일 뿐

들어도 못 들은 척
알아도 모르는 척
보아도 못 본 척
석삼년을 묵언 수행 후

귀뚜라미 처량하게 우는 밤
한쪽 모퉁이에서 벙그르는
사랑만큼은 뒤처지지 않을 자부심
그리움 달래는 고혹한 향기

민초의 꽃이라 더 향기롭고
관심 밖이라 더 짙게 풍기는
초롱불 켜고 서성이는 야래 향
스멀스멀 별바라기 야래 향.

치자꽃 필 때면

유월이 오면
새하얀 치자꽃 향기
바람결에 천리만리
임 가신 길에 뿌리오면

허연 무명치마 저고리
멍한 눈길로
하염없이 바라보는 하늘
짓무른 그리움만 쌓인다

초개처럼 버린 목숨
호국영령 값진 희생
오롯한
나라 사랑 기상이어라

유월이 오면
한 서린 영령들
안으로 삭이셨을 혼불
태극기는 속살거린다,

건 멸치 해부 시간

지꿈*부터
먼저 머리 땋고*
똥 땋고*

다음 뻐 땋고*
냥이들 둔한 손길
해부하긴 글렀지라

다음은 묵기다
먼저 머리 묵고
똥 묵고
뻐 묵고
목에 가시가 걸려나 켁, 켁

지꿈*부터
알맹이 묵기다!
한꺼번에 묵냐, 아껴 묵냐
냥이들 자유 지라

저것 봐, 거미 내려오지
눈길, 돌릴 찰나
빼앗아 먹는 그 맛
냥이들은 모르지

남해의
짭짤한 건멸치 한 움큼
하사받는 날
냥이들의 뜰에도
꼬신 내가 솔솔 난다.

* 지꿈 : 지금 * 땋고 : 떼고

손녀의 알

추석, 성묘 다녀오다
큰댁 대문께에 들어서니
울음소리가 밖에까지 들린다,
뭔 일이래?
낮잠 자다 알이 깨졌다고 운다고

어린이집에서
알 품으면 노란 병아리 되어
나오는 것이 신비롭던가
손수건에 싼 채 품는 시늉하며
병아리 병아리 노래 부르고

연 이틀 내내
알을 손에 쥐고 놀다가
잠자리 들 때는
이불 덮어주며 잘 자라더니
아침, 깨진 알을 보고서
집이 떠나가도록 울어 난리다

제 외갓집 갈 때도
다시 계란을 삶아서 들고 간다

텅 빈 집,
그이와 흐뭇한 미소 날리며
여러 개 깨진 알을 안주 삼아
담금주 한잔 걸치며
그 작은 아기 가슴에 놀랄만한
감성을 가졌다니

할머니! 알, 알
병아리 나와 병아리
노랑 병아리 생각
예쁜 짓들 하나하나 하는
행동들이 눈에 밟힌다.

별 꽃

안개 자욱한 새벽
아릿한 그리움 뒤로하며
인두로 새겨버린 흔적들
눈물만 성글 지게 매달았다

만나지지 않은 평행선
가슴 문드러지게 그리운 임아

품은 것도
가진 것도
꿈꾸는 것마저 별이 되어
오직 별만 사랑하다 사그라질
꽃이여

멀리
바라보이는 꼭짓점에 서면
저만치 물러나 있는 그대
그리움은 언제나
그리움으로만 남겨지는 것

새벽안개 품은
카바이드 불빛 속에
그대 별꽃으로 피어 흐느끼는가.

이방인

경상도 억센 말투
뭣 모르고 따라 하는 이방인
입담까지 더해져서
힘든 노동을 노래에 실었다

스리랑카에 두고 온
병든 노모에
눈에 넣어도 안 아플 새끼들
가난이란 대물림은 죽기보다 싫어
밤마다 눈물로 지새우는
고달픈 이녁 살이

그나마 위안 삼을
소주 한 잔 삼겹살 파티
치킨은 덤이란 말에
울고 웃는 고단한 하루가
코미디처럼 저문다.

장미

사랑한다
말하기 뭣해서
빨간 장미 한 송이 건네면
홍조 띠는 미소

감사하다
말하기 뭣 해서
노란 장미 한 다발 건네면
함박웃음 방그르르

고맙다
말하기 약소해서
황금 장미 한 아름 건네면
세상을 다 가진 듯
환하게 웃는 그대

장미꽃 만발하면
장미같이
장미처럼
사랑해! 사랑해!.

찔레꽃

멧새들 언어가 사는
남새밭에 서면
태곳적 어미에게만
포근히 번지는 향기 있어

두건에도
앞치마에도
밥 물 밴 자식 위한
눈물꽃 같은 찔레꽃

그리움 속 별 바라기
울고 웃던 배고픈 시절
찔레 순은 달달해도
소쩍새는 소쩍소쩍

모정이 그리우면
동구 밖 서성이는 마음
찔레꽃!
찔레꽃!

어미 분신 같은 향기 찾아
가슴 아리게 불러보는
찔레꽃!
찔레꽃! .

수국

사랑과 그리움
그 잘난 거만함까지
한배를 탄 수국은
땅심 따라 바람 따라 변하는
리트머스 색소 같은 너
어느 밤,
하얗게 지샌 텅 빈 머리로
솜사탕 같은 환영이 몽글거린다

그립다고
그립다고
눈물 툭툭! 흐느끼는 소리
슬픈 운명 떨치고 싶어
무지갯빛 꿈꾸며
온종일 속살거리면서

불그레 석양빛마저 지면
강물처럼 밀려오는 그리움
입술 퍼렇게 떠는
사연 많고 비련이 깃든 너
수국이 피었다
수국꽃이 피었다.

시절 인연

인연의 꽃,
그것은 진정
세월 가는 길목에서
피워내는 꽃이리라

문득, 안갯속으로
흩어져 가다가도
다시 또렷하게
각인시켜 주는 그리움,

언젠가
다시 만나지면
그때는
진정, 아름답게 피워낸
시절 인연이었다 말하리라.

갓집 아이들

면면히 담긴
갓집 아이 하회탈 웃음
동심으로 돌아간다

뚜우~ 뚜우~
고둥 주워 불며
파도가 휩쓴다! 파도를 타자!

다섯 자매와
막둥이 남동생 지휘 아래
짝지들의 응원 소리

바닷속의 작은 우주
질서정연한 자리돔의 군무
플랑크톤에 사활을 걸었더랬다

뜰채를
슬며시 담갔다 싶더라니
순식간에 벌어진 마술
팔딱팔딱 건져 올린 보물들

파도 소리 따라
한바탕 신들린 칼춤
갓집 아이들 고깔 춤
한상 가득 차려내어 잔치를

넌, 바다 맛을 알아!
오래오래 잊지 못할 進味
한라산을 높이 들고
소소한 행복을 찾아 즐겁게,

다 함께 즐겁게!!.

蘭 꽃 피다

가을이 오면
늘 곁으로 오는 그대

아침 서광 같은
맑은 순백의 사랑으로
나풀나풀 나비춤으로 오누나

때 묻힘 없이
싱그러운 샛 녘
가을바람 결로 오는 그대

이번만큼은
그대 마음 볼 수 있으련가
허한 가슴
심히 가을을 타는 나그네

융화된 카바이드 빛에
사부작 이는 폼이 어여쁘누나.

에키놉시스

수십 년 인고의 세월을 견뎠을
비련의 주인공인 양

칠흑 같은 밤
감미롭게 들려오는 빗소리
목젖이 울컥해진 목 마름
가시 단 천형이 서러워
딱 하룻밤 연정이 서러워
아리랑 아라리요
쓰리랑 쓰라리요
이 밤,
살풀이 추 듯 흔들더라고
어차피 깨어나면
한바탕
봄 꿈 꾼 일장춘몽일 테니

딱 하룻밤 풋사랑에
빗소리조차 애절히 울더라고
이 밤 깨이면
옷고름 푼 흔적만 흥건히 젖어있더라고

담장이

차디찬 벽 생명 같은 핏줄
기적같이 피워 올린 너는
시집살이 고되어도 묵묵히
아들딸 길러낸 우리 어머니 같아
사랑 가득 평화를 심어놓고
오가는 이에게 신선한 웃음 주는 너

생명이 없는 도시의 검은 벽
푸른 잎으로 도배한다
벌 나비도 쉬다 가게하고
한여름 뙤약볕도 쉬게 하는 너
살다가 지칠 때 너를 보면
힘을 얻어 다시 일어선다

품도 너르고 발도 너른 너
설움도 질타도 고달픔도
속으로 삼킨 너는 가을이 오면
빨갛게 핏빛 물들인 걸 너는 아느냐
많은 피조물이 너에게서
살아내는 생명을 배운다

강인함이 쇠심줄 같아라 담장이.

이팝나무

배고픔을 달래주는
하얀 쌀밥 소복소복
밥그릇마다 담긴다

보릿고개 넘길 때
청보리죽 연명하다
한 많은 쌀밥 꽃 사랑

자식새끼 다 퍼주고
희멀건 물그릇 속에
쌀밥이 되어 아롱아롱

지천으로 핀 쌀밥 꽃
영혼을 달래는 소리
어머니 밥 짓는 소리

능소화 사랑

지나가는 나그네 기웃기웃
천성이 그런 거라 어찌하리오
임의 향기는 나의 사랑

햇살 한줌 담고 기웃기웃
묵객의 유혹적인 눈길 흘려도
화사한 웃음은 나의 기쁨

외롭지 않게 허리를 감싸고
천 년 지기 사랑 함께하자던 언약
그것이면 되오. 어여쁜 능소화

붙잡힌 사랑에 눈이 멀어도
그대 사랑이 너무 황홀하다오
지조 있는 양반 꽃 능소화여

제목 : 능소화 사랑
시낭송 : 김지원
스마트폰으로 QR 코드를 스캔하면
시낭송을 감상할 수 있습니다.

청보리

신록이 춤추는 들녘
옥색 융단 펼쳐두고
뉘 있어 춤사위도 고운가

보릿대 입에 문 듯
까까머리 푸른 꿈의 그 향기
넌 어디서나 휘파람새 청보리

세월이 산고개 넘고 돌 때
청보리는 여태
삐~이 닐리리 보리피리
삐 ~ 이 닐리리

보리밭 이랑 속 추억은
어디를 가나 풋풋한 청춘
그때 그대로라

이내 몸
이내 맘만 늙어
예순을 넘기며 서럽다
삐 ~ 이 닐리리

하늬바람 남실남실
보리피리 귓가에 울린다.
삐. ~ 이 닐리리.

바람아 불어라

쫒아오던 산들바람
네온 불빛에 걸려 허우적거린다

블루스 장단에 하느작
지르박 음률에 출렁출렁
나뭇가지 붙잡고 신난 탱고를

감로주에 취해 구름 위를 날으나
높새바람에 훨훨 나래를 친다

비파소리 곱게 치르릉 바라도 탄다
노랫가락 장단에 날 새는 줄도 모르고.

임은 떠나려 하는데

사랑하는 나의 임
꽃잎 속 씨앗 하나 심어놓고
한창인 사랑 떠나려 합니다

임이 가다 뒤돌아보니
그가 저만치서 오고 있음을

사랑하는 임 두고 머뭇머뭇
떨어지지 않는 발길 어정어정
벌써 그리움이 밀려드는데

씨방마다 심어준 증표 하나
숙명으로 받아들이랍니다
임의 연줄 이어가라 다그칩니다

벌써
그리움은 짙어 오는데
나 어이하리이까 임이여!

임이 가면
그는 저만치서 내달려 오는데.

포도주

포도주를 짜 다
한 모금 홀짝
눈이 번쩍 뜨였다

빛깔이 곱다며
또 한 모금 홀짝
달콤한 맛에 기분이 알딸딸

백일 익은 알
토독토독 터뜨려 짜 다
더 진한 맛에
목줄 타고 술술 넘어간다

천장이 돌고
당신도 돌고 나도 돈다
지구처럼 도는 술 짜는 날.

달팽이의 꿈

날 때부터
무거운 십자가 짊어진
눈뜬 장님 같은 운명인가
눈만 끔벅이며 굼뜨다

때론, 남 없는 눈썰미로
남 가는 먼 길 에돌아
붉게 타는 황혼 녘에 서서야
마지막 잉걸불을 지핀다

몸이 백이면 눈이 구십
눈마저 백이 돼야 만 했던
남 있는 그 무엇 네게는 없어도
집념을 사르며 꿈을 먹으며

숙명으로 뭉친
뜬구름 같은 세월을 살며
온 정성을 쏟는다
나는 소망한다.

백중날

음력 칠월 보름은
중원 또는 백중날이다
올핸, 윤오월이 끼어 있어
양력 구월에 음력 칠월이
겹치고 추석은 시월에 있다
백 가지 음식을 먹을 수 있는
백중날 그만큼 먹거리가
풍족 하다는 뜻일 게다
백중날 태어난 사람은
식복이 많고 일복도 많다

그인, 백중날 탄생이라
와인 바 레스토랑에서
거금 들여 와인 두 병에다
함빡 스택 스페셜을
아들 내외와 구 개월 된
손주 함께 분위기 있게
케이크도 자르고는 기분 좋은
파티를 아들 내외가 열어 주었다

식후,

가까운 김광석 거리를 걸었다

가을바람인가 너무 시원했다

이날만큼은 딸 가족도

함께였으면 얼마나 좋을까

보고 싶단 말을 삼키며

무명 가수인가 기타도 치고

노래도 들려주는 가을밤의 설레임

바람도 살랑살랑 마실을 댕긴다

한참 걷다 길 끝, 카페에 들러

시원한 아메리카노와

레모네이드를 시켜놓고

폰에 담긴 밤거리를 꺼내 보다

우연히 바라본 그이 얼굴엔

제일로 행복한 미소를

머금었더랬다

부부

모난 돌이
둥근 돌이 되듯이
구르며 닳으며 살아내온 세월

모자라면 채워주고
잘못은 보듬고 덮어주며
늘 함께였던 생의 고락

모습도 닮아
몸짓마저 닮은 듯
필연으로 맺어진 인연

이왕지사 함께라면
더 많이 사랑해야지
더 많이 이해해야지

처음부터 이날까지
네 마음이 내 마음이고
내 마음이 네 마음 같아

눈빛만 봐도
다 아는 우리 두리
연륜이 묻어나는 우린 부부.

제목 : 부부
시낭송 : 박순애
스마트폰으로 QR 코드를 스캔하면
시낭송을 감상할 수 있습니다.

수선화

수묵 빛 짙은 죽음 같은 땅
초록 치마 샛노란 저고리
살포시 고개 숙이며
땅속 굼뜬 소리 귀 기울입니다

깜찍하고 발랄
상큼 세심하기까지
신의 애장품이 아닐런가
봄 여신 살금살금 내달려옵니다

첫사랑 머리칼 내음 같은
봄을 부를까 대지를 깨울까
하늘의 명 받잡고
소임을 다 하는 수선화

실없는 제 잘난 맛에
저승 문까지 가보고도
미련을 버리지 못한 걸까
연못 속 사랑은 아직 식지 않았습니다.

봄

봄볕
파릇한 냉이 캐다
된장 한 숟갈 풀어내며
휘
휘

봄 햇살
조몰락 조몰락 연둣빛 봉오리
기지개 켜며
사부작
사부작

봄기운
땅 심을 깨워 나붓나붓
하품하며
봄
봄

향긋한 봄맛
쌉싸래한 입맛
봄이 오네
봄
봄.

蓮花池

태곳적 기운
고스란히 스며있는 연화 못,

검은 진흙 펄에 살면서도
고고한 기품을 잃지 않으며
기개 있고 정절 지키며
담았다가 비워내는 청빈함도
신기루 같은 꽃대 올려
잔잔한 물 여울의 아리따운 춤사위
그러나
마지막 소임을 다 하지 못함은
여느 아낙네의
아린 그리움 소복이 껴안은 체
까만 쭉정이로 서서
천일기도에 들면

또 다시
온 우주를 품고 사랑이 되어 온다는
탐라의 蓮花池에는.

운 좋은 날

공원 길 끝
작은 문이 나 있어
허리 구부리고 들어서니
"천국 가는 길" 이란 말뚝 하나 툭! 박혀 있었다
땀을 연신 닦으며 산길을
오르니 파란 하늘 끝 닿은 곳 몽글몽글 구름 꽃 피운 나무 한 그루 내려다보며 숨 가쁜 일행에게 '어서 와 쉬었다 가렴아,' 손짓한다
이 길 쭉 올라가면 천국이 있나요
힘 부치게 오른 후 산꼭대기 저곳에 천국이 있나요, 장난으로 쓴
팻말인지 몰라도 무슨 연유일까
당최 알 수 없는 천국 가는 길,

울퉁불퉁
산가르마 따라 한참을 올랐다
드디어 도착한 평퍼짐한 용마루,
이따금씩 부는 바람에 땀을 식히며
아래로 내려다본 경치가 아름답다 못해 감탄사가 절로 터져 나왔다 세상사 잠시 뒤로하고 수런수런 알 수 없는 얘기들로 시간 가는 줄 모르고 몇몇은 굳은 근육 푸느라 훌라후프니 운동기구에 몸을 맡긴 채 헛 둘, 헛 둘 리듬을 타는데 난데없이 손바닥만 한 멧새 한 쌍이

눈앞에 툭! 떨어졌다
“에그머니나 얘네들이 뭐 한담!”
두 마리 딱 붙어서 퍼득퍼득 교미하다 들켜 버린 듯 쏜살같이 날아가 버리고 하물며 길쌈하지 않아도 사는 데는 아무 지장 없으니 종일 희희낙락하는 새들의 세상이다
산정기 쭉쭉 마음껏 들이 마시다
반대편 길로 내려오는데
빨갛게 농익은 산딸기가
발걸음을 붙잡아 맨다
눈 맞추지 않곤 못 가리
그냥 지나치진 못하리
새콤한 군침이 마구 돋아나 한 움큼 따 먹었더니 자꾸자꾸 따 먹고 싶어지는 유혹적인 맛을 뿌리치며
잎새 뒤에 숨어 숨어 익은 산딸기~
흥얼흥얼 산길을 내려간다

수목원 입구에서
일행들과 차를 나눠 타고
삼천포 횟집으로 쑥 들어간다
몇 년 전 같은 회사에 다녔던 그 이의 후배 몇 분이 회를 시켜 놓고 이슬을 마시다 반긴다, 예상 못 한 친구 부인과 나는 놀라 휘둥그레 토끼 눈이 되어 가까운 공원 산책하는 줄 알고 따라 나선 길이라 후줄근한 옷차림에 꾹 눌러 쓴 모자에 수줍은 인

사를 건네고 회와 매운탕으로 점심을 먹는데 형수님! 시원한 맥주 한잔 받으라기에 마지못해 받아 마시며 그 이에게 언질이라도 좀 주질 그랬냐며
옆구리를 쿡 찌르니 우연히 오게 된 자리란다, 참 나!
저녁나절에 집으로 와 시원하게 샤워까지 마치고 한숨 돌리니 그 좋던 날씨는 어디 갔나 갑자기 소나기가 번개까지 동반해 무섭도록 쏟아붓는다 우르릉 쾅 쾅,
쭈루룩 쭉 쭉
감질나게 퍼붓는 빗소리에 동화되어 미동도 없이 창밖을 내려다보며
숨어 피운 꽃들 하며
그립다고 목젖 내놓고 울든
입술 퍼렇든 산도라지
축 늘어져 목이 탄다는 나무들
한바탕 시원한 소나기 맞았으니
반들반들 생기 돋울 테지
우연히 맞아떨어진 행복한 타이밍에
몽글몽글 구름 꽃 듬뿍 걸어놓고
쉬어 가라 하든 나무는 행운을 가져다주는 전령사가 아니었을까?
오늘 참 운 좋은 하루였다.

갓 집

그 집엔
갓집이란 문패가 걸려있다
머리에 쓰는 갓을 만들거나 파는 집
아닌 가새 사는 집으로 알아먹는
웃대 사 오대부터
아래로 삼 사대 거쳐 오는 동안
그 고을의 구전으로 전해지는
저 집은 갓집,

갓집에는 다섯 자매와
그 아래로 남동생 이복동생 둘 합쳐
모두 팔 남매가 그 집에서 나고 자랐고
또 아버지 대는 할아버지가 막내 삼촌 태어나기도 전에 돌아가셔서 칠 남매의 장남이 되어 삶의 무게에 주저앉고 싶었을 허탈함 속에 홀홀단신으로 현해탄을 건너셨다
그곳에서 혼자 힘으로 야학을 배우며 신문물을 접하고 자신과 싸우며 고군분투하셨을 갓 스무 초 반의 젊은 시절의 아버지,

일제강점기 때의 무수한 젊은이들이
끌려가고 도륙당한 가정사를 보면서
두 주먹 불끈 쥐고 이를 앙다물며 버텨 냈을 가난에서 벗어나

고자 형제들과 고락을 함께 나누며 산을 일구고 밭을 일궈 부농을 꿈꾸었고 과수원이며 논뙈기며 차츰차츰 가산을 불려가든
해방 전과 육이오 전후,
갓집 아이들이 나고 자란 오 육십 년 대 그때는 다른 집과는 예외로 두 머슴에 두세 마리 소에 여러 마리 돼지를 치고 뒤 뜰, 빈 땅마다 닭장을 만들어 닭을 치고 가산이 우후죽순으로 불려나갔으며
갓집은 딸 부잣집 또 과수원집으로도
불리며 큰일 할 때는 삼촌에 사촌까지 한 집에 모여 시끌벅적 활력이 넘쳐나곤 했다 마을 사람들은 바쁘게 돌아가는 갓집을 신기한 눈길로 바라보았고 힘든 일이 닥치면
무슨 일이든 아버지께 여쭈러 오셨고
갓집엔 밭이 논으로 야산은 밭으로
일굴 때면 꼭 놉을 들이곤 했는데 그럴 때마다 힘깨나 쓰는 장정들은 서로 일하러 오겠다고 했다던 갓집,
고봉밥에 새참에 일당까지 챙길 수 있는 절호의 기회이니 마다할 리가 없으니 그렇게 가새 있는 집을 갓집이라 부르며 머리에 쓰는 갓이라곤 까맣게 모르고서,

근래에
칠순을 바라보는
큰언니가 뜻밖의 말을 했다
세월이 흘러도 변함없는 갓집,
여전히 갓집으로 불리고 있구나,
아주 어릴 때 고방 집 뒤편
손태네 할머니 기억나니? 그 할머니 연세가 그때만 해도 구순을 바라본 걸로 안다 은발 머리에 허리가 기역자로 굽어지신 그 할머니는
나만 보면 "갓집의 큰딸 아이가," 오미 가미 너를 보면 그리도 반갑단다, 웃대 너네 할아부지는 갓을 만들어 팔아 생계를 잇곤 했는데, 그 말을 듣고 가새 산다고 갓집이라 부르는 게 아입니꼬 예 – 아이다!
너희 아버지의 할아부지 그러니까
웃대 할아부지가 갓을 만들어 우리 집 서당에도 대 주고 갓 쓰는 사람한테도 청도 장에도 내다 팔곤 했다는 말을 들었다고
그때 나도 국민학교 (초등) 막 들어간 꼬마였던가 가물가물하지만 저 문패를 보고서야 어렴풋이 생각이 나는구나,
언니 말을 듣고 보니 갓인지 꼬깔인지 망건 같은 것들이 천장 밑 선반 위에서 본 기억들이 떠오른다는 둘째 언니의 말까지 들으며 갓집 딸들이 온천장에 다녀오다 머리맡 대고 조곤조곤

옛날이야기에 젖어 들었다.
그때는 어른들이
마을 사람 보면 멀뚱멀뚱 보고만 있지 말고 무조건 인사해야
착한 아이가 된다고 했어,
학교에서 배운 대로 안녕하세요, 안녕히 가세요, 가 아닌
부모님이 인사할 때 하는 그대로
손님 들어 오시면 나오십 니꼬 예!
가실 때는 나가 입시 더! 것도 앉아서 하면 예의가 아니래서 밥
먹다가도 벌떡 일어나 허리 숙이며 나오십 니꼬 예! 가실 때는
나가입시 더 예~~
둘 있으면 둘이서, 셋이 있으면 셋이서. 인사를 했지 그렇게 마
실 지나다 아지매, 나오십 니꼬 예!
아재 지나가면 "아재 예, 어디 가십 니꼬 예!" 인사하면 아이
고!
갓집 아~ 들은 인사도 잘 하네,
머리까지 쓰다듬으며
칭찬을 하곤 했는데...
그런 기억들을 꺼내다 시간 가는 줄 모르고 데굴데굴 구르며
웃다가 싸누마닥이 다 젖도록 훗!
요즘도 그런 방언으로
인사를 하는가 막냇동생아 ,

갓집,

일제강점기 전엔 양반도 상놈도

성인이 되면 모두 머리에 갓을 썼으니 어느 날 갑자기

단발령이 내려져 생겨가 막혀 버렸으니 하늘이 노랗다!는 말은

이럴 때 쓰이지 않았을까 그 아픈 기억을 지우고 싶었을 일들

이 우연의 일치로 가새 사는 갓집으로 덮여진

기나긴 세월, ~

그 옛날 할머니도 삼촌도 倭놈(왜놈)이라면 치를 떠는 이유가

여기에 있었구나

일본넘이 얼마나 얍삽한지를

정말 미워, 미워. ~

지나고 보니 모두 너였어

윤춘순 시집

2019년 11월 8일 초판 1쇄
2019년 11월 13일 발행
지 은 이 : 윤춘순
펴 낸 이 : 김락호
디자인 편집 : 이은희
기 획 : 시사랑음악사랑
연 락 처 : 1899-1341
홈페이지 주소 : www.poemmusic.net
E-Mail : poemarts@hanmail.net

정가 : 10,000원

ISBN : 979-11-6284-156-3